句集

カルナヴァル

carnaval

金原まさ子

目次

Ⅰ …… 005
Ⅱ …… 027
Ⅲ …… 053
Ⅳ …… 073
Ⅴ …… 103
あとがき …… 124

三十八句

「毎日八時間くらい消しゴムを見つめていれば、
五十年後に一センチくらい動かせる」
という話を私は信じる。

ああ暗い煮詰まっているぎゅうとねぎ
やわらかな雪降っている魂《たま》揉みや

二階からヒバリが降りてきて野次る
雑魚寝して牡丹の芽を想いおる

ひな寿司の具に初蝶がまぜてある
目かくしの土竜の指の花の香よ

ヒトはケモノと菫は菫同士契れ
覗かせてもらえなくても納屋は罌粟

夏風邪やみずかきが生えうろこ生え
やわらかくわけも云わずに蛭が付く

猿のように抱かれ干しいちじくを欲る

我肉を食べ放題や神の留守

参鶏湯沸々「鉄の処女」ひらく
それは縄跳びの縄ですにがよもぎ

貝塚氏ドトールを出て斑雪野《はだれの》へ
鳥貌で鳥の手足で桜守

噛まぬ犬と春満月をさすらわむ
身めぐりを雪だか蝶だか日暮まで

よもつひらさか花合歓は無口の木

櫛と指からめて捨てよ青葉闇

月光の茗荷の花となり騒ぐ
フライパン重なり鴟の贄《にえ》増えた

炬燵真赤やひろげてじごくがきやまい
なぜかいま無口てのひらにザボン載せ

ざら紙に青鉛筆で画く海鼠

前へ向いて後ろへあるく海鼠かな

海鼠売りの男女がくぐる裏鬼門
うつむいて海鼠をわらう女かな

海鼠盛りなまあたたかき器かな
赤い真綿でいつか海鼠を縊るなら

云うなれば咽喉通る酢海鼠の気分
皿でいちにち饒舌の海鼠たち

衆道や酢味の淡くて酢海鼠の

雪が降る海鼠に靨《えくぼ》ちらちらちら

な・なまこに大綿ひとつ付いていた

熱い茶のフィンガーボール孔雀殺めたる日の
どしゃ降りや身ぐるみ脱いで白百合は

雲の峯まっしろ食われセバスチャン

II

四十六句

心づくし……その他に何があるでしょう。

二〇一一年

ぷいと来てバラを接木して去りぬ

人体にバラを接ぐのです。

緋縮緬のたふさぎなんてわらわせる

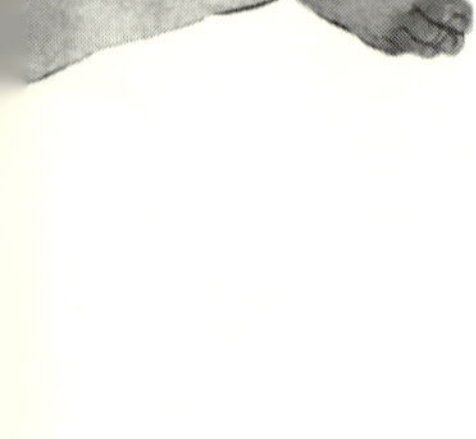

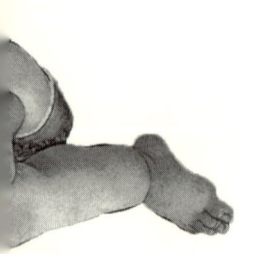

世の終り田螺わらうときにっと

鉄面皮のわたしです。

エスカルゴ三匹食べて三匹嘔く

バージンオイルで螢はかるく炒めなさい

酢味噌和えでも。

責めてどうするおおむらさきの童貞を

「ひとつおとりよ。
お星さまのかけらだ。
空から落ちたんだよ」

シベールの日曜日

鶴帰るとき置いてゆきハルシオン

うつせみの世は夢にすぎず
死とあらがいうるものはなし
（ヴィヨン「遺言詩集」）

炎天をおいらんあるきのおとこたち

帳場をたてろ。

肝臓にそっくり転移椿の斑

暑さの為、又は年齢のせい、
でおかしくなったのではありませんのでご心配なく。但し、よそおってはおります。

百万回死にたし生きたし石榴食う

拝んでしまうキノコをお告げと思うので

もう「韜晦」のねこ暮しよ

ラフレシアの奥へ奥へと「翼さん」

ラフレシアは人食い花で翼さんのような青年を好み、
強烈なある匂いを発しておびきよせるのだけれど、
その匂いとはごふじょうの匂いなのですって。

テキーラをあびせよこんがらがった蛇に

より目になるほど飲んでみたい。

黄河心中　月が赤くて未遂かな

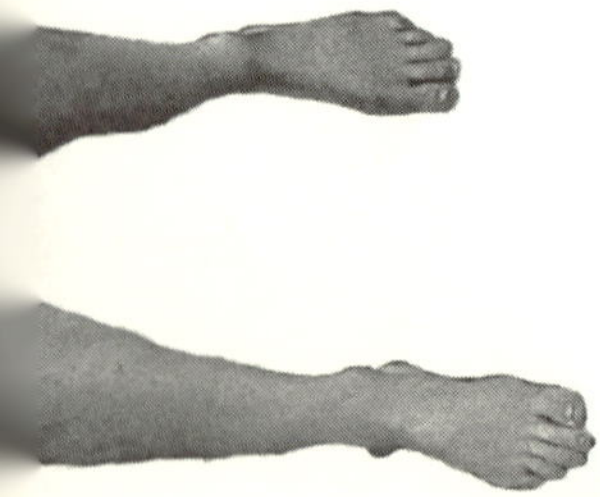

青大将篳篥の前で﨟《ろう》たけぬ

いつも芝居がかっているのね。

蟇またぐときごうごうと耳鳴りが

耳鳴りを録音することはできないのでしょうか。

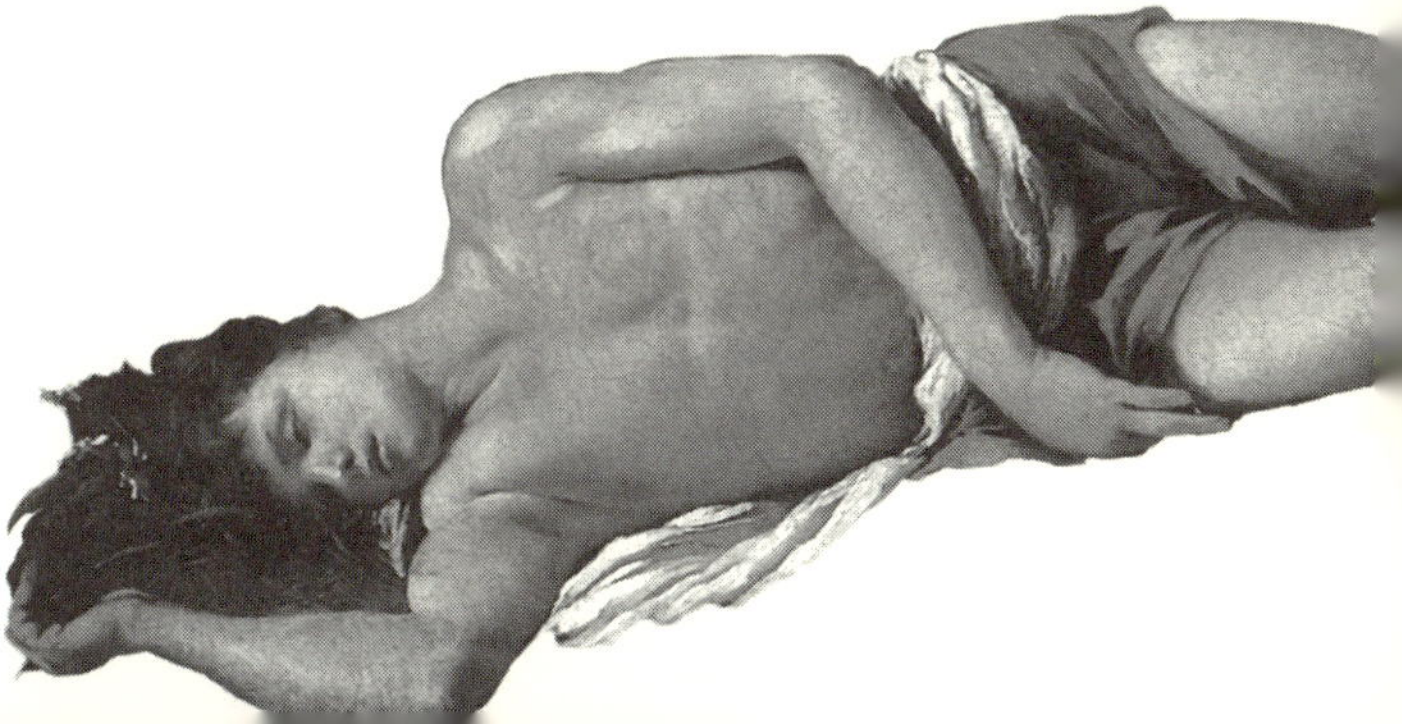

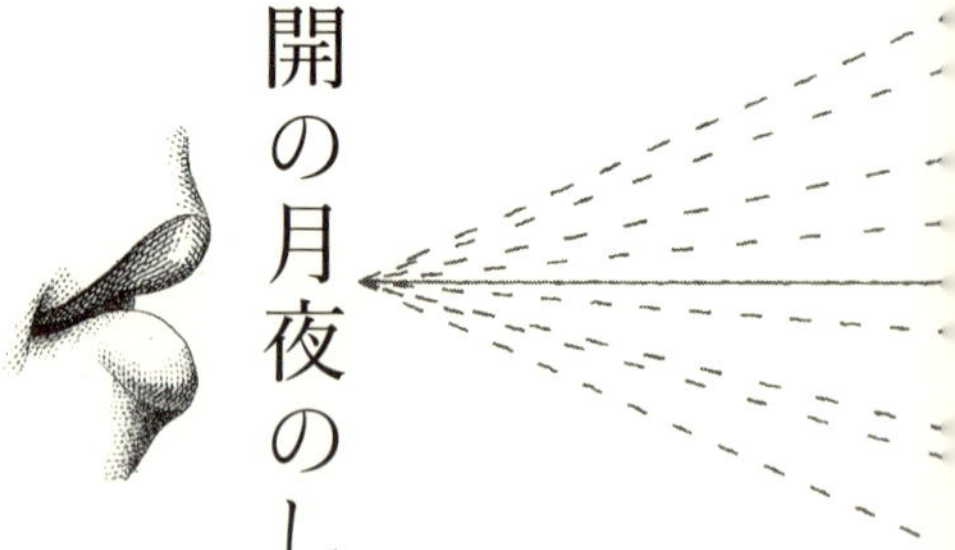

満開の月夜のしゃぼん玉だまだまだま

琴墜ちてくる秋天をくらりくらり

発止と肩へ。

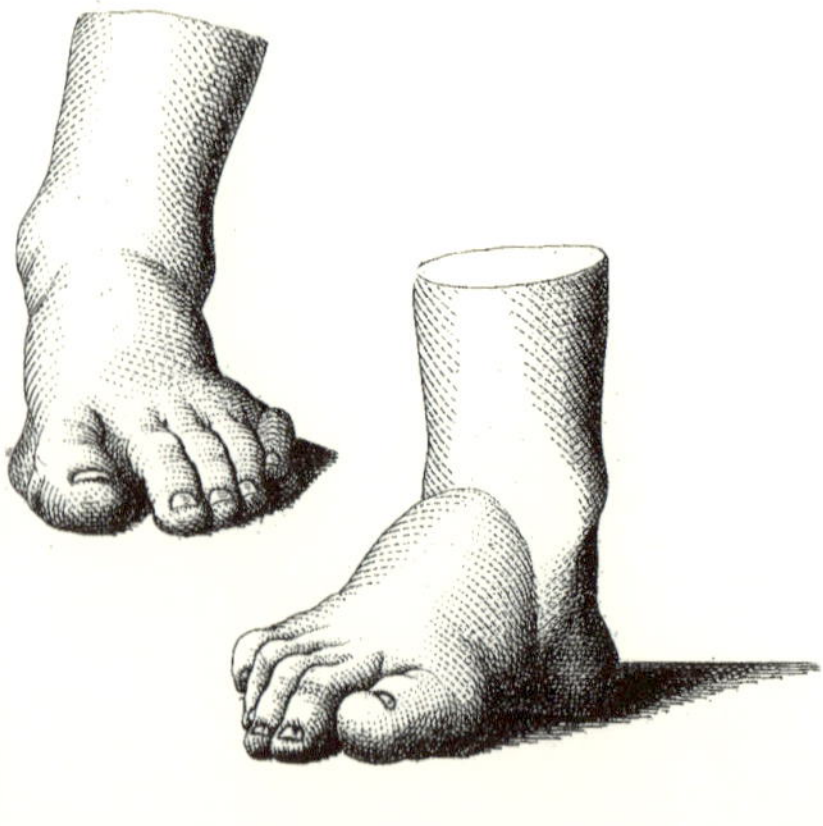

今朝秋のお・おけえけえをひやくさいも

おけえけえは、お化粧のこと。

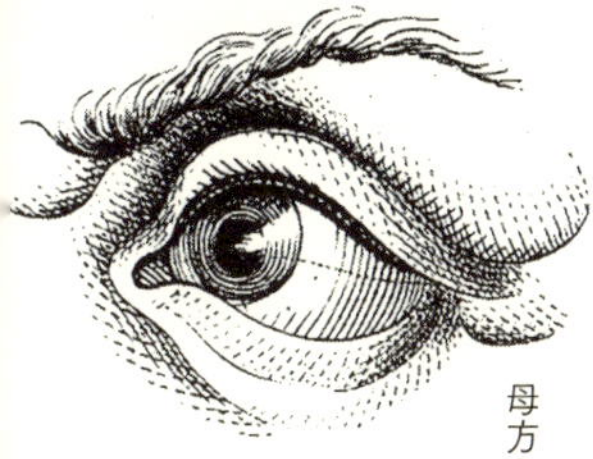

玄関に蠍が来ている遠縁の

母方らしい。

逮捕歴ありとか風の雁来紅《かまつか》は

酢で死なぬ魚かな草いきれしずか

昔

「猫いらず」を飲んでも
死なない老婆の映画を見ました
（フランス製）。

とは云え牡蠣のスウプお代り兄死後の

感謝の念は半減期が短いのですって。

ハム無しの朝食を白い梟と

ゆめかうつつかまぼろしか。

醸酒《かみざけ》のあのひとつぶは神の歯か

「ユリイカ臨時増刊悪趣味大全」秋の暮

虎に蹤《つ》きすっと曲れば神隠し

匿名希望。

「穴をつなぐと網に」なるので蝮捕り

低くうたいながら。

筥《はこ》いっぱいの櫛焼く父よ秋の昼

血がほてる感じ風知草の前で

生きているから　死ぬのかな

山羊の匂いの白い毛布のような性

モリ・マリは「恋人たちの森」を
たった一枚のグラビア写真を見ただけで書いた。

月夜茸へ体温の雨がどしゃぶり

強引！

歯を一揃いひかりごけ瞶《み》るために

不眠三日で
たわ言と失禁がはじまる。

紫の蔓を購《か》えり秋の暮

賭けだ。

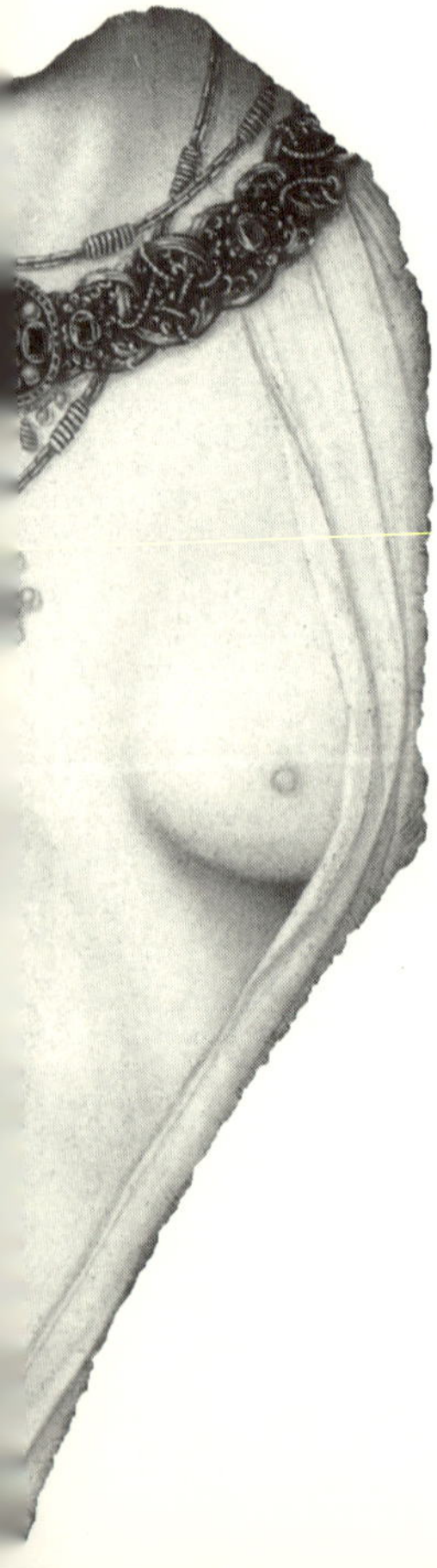

馬刺したべ火事の匂いがしてならぬ

モーツァルトはスカトロジーだったって本当ですか？

冬が来るとイヌキが云えり枕元

イヌキ＝犬プラス狸

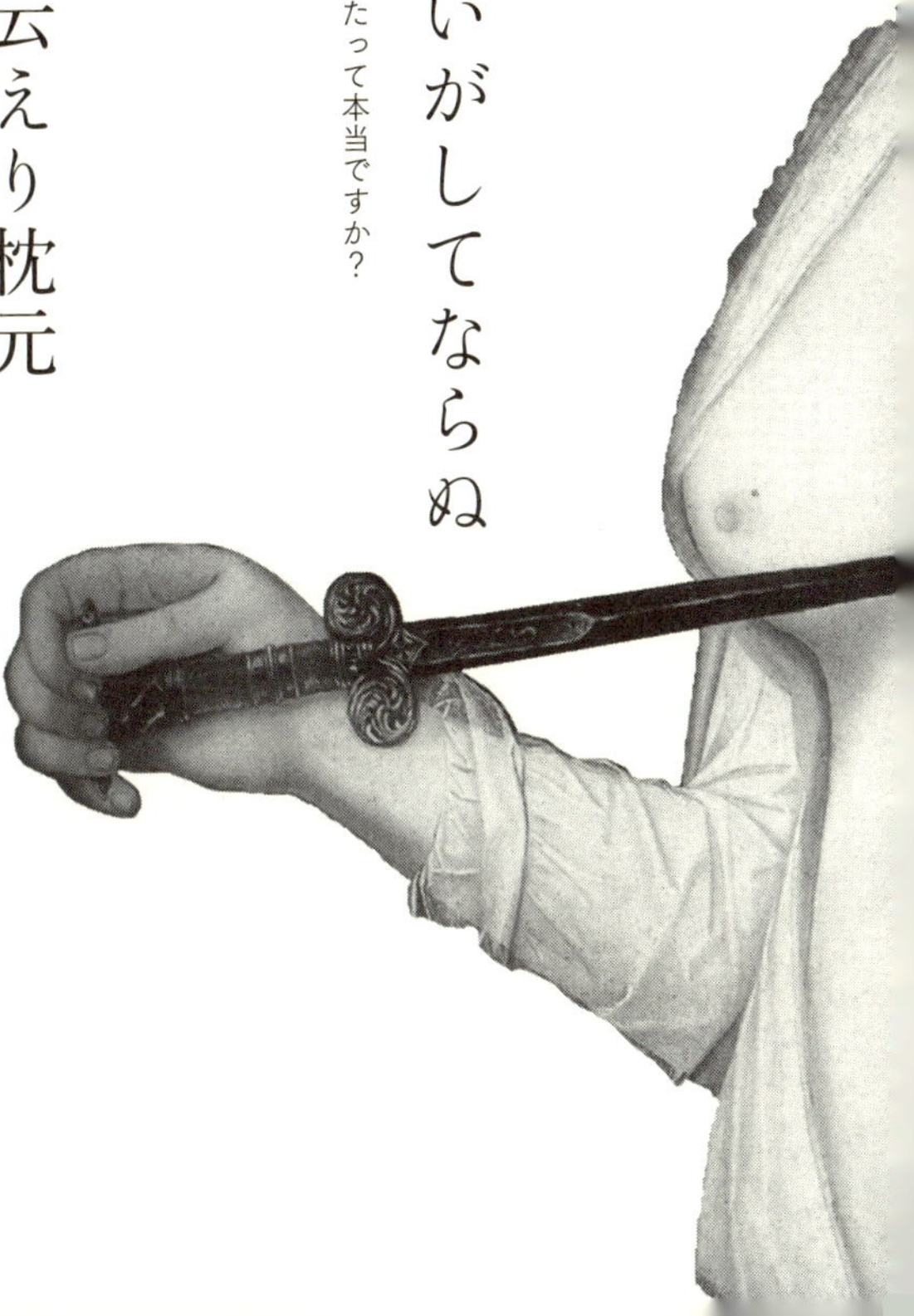

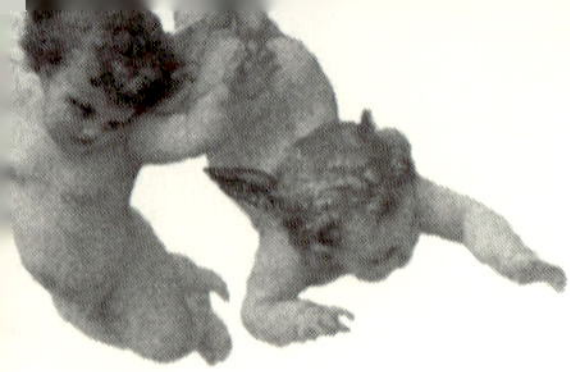

大綿のああすはだかのひとひらよ

いなびかり乞食《かたい》とねむる妃にて

うすの契りや　はなだの帯の　ただ片むすび　「閑吟集」

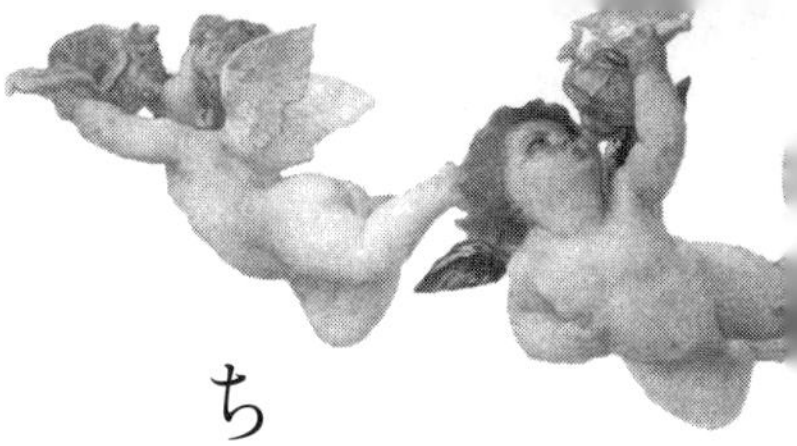

ちらばっているのは古い手毬とうすい毒

健ちゃんは
三歳で死んだ。

時間切れです声を殺してとりかぶと

わかってます。

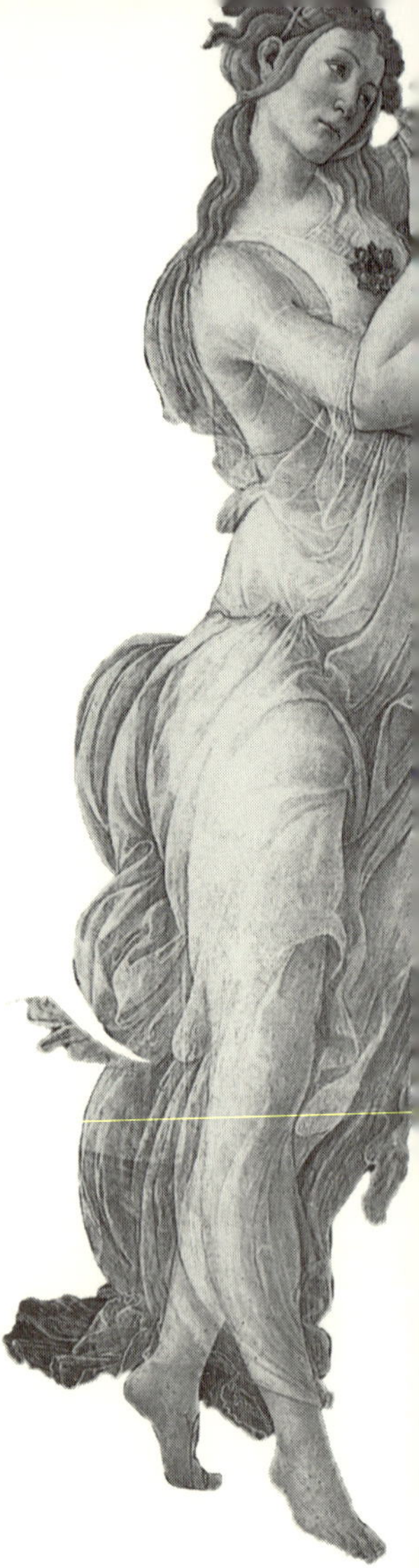

死におくれているのは白梟のせい

恩寵！

あのきれいな目は緋連雀二丁目の

今年の十一月二十五日は

無声だった

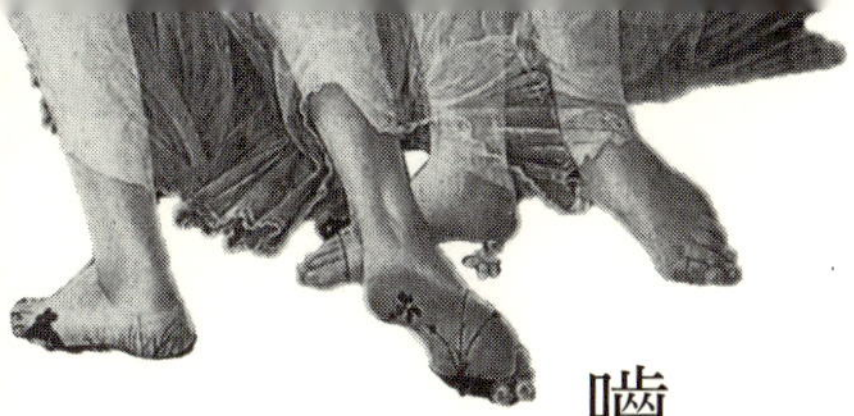

少し狂いながく狂いて天の川

「姉さん　あなたの名は……」
「マリヨン」
「ふらんす物語」より

嚙んで吐けば檸檬の皮の黄やけわし

「崇高なものが現代では無力で、
滑稽なものにだけ野蛮な力がある」
三島由紀夫

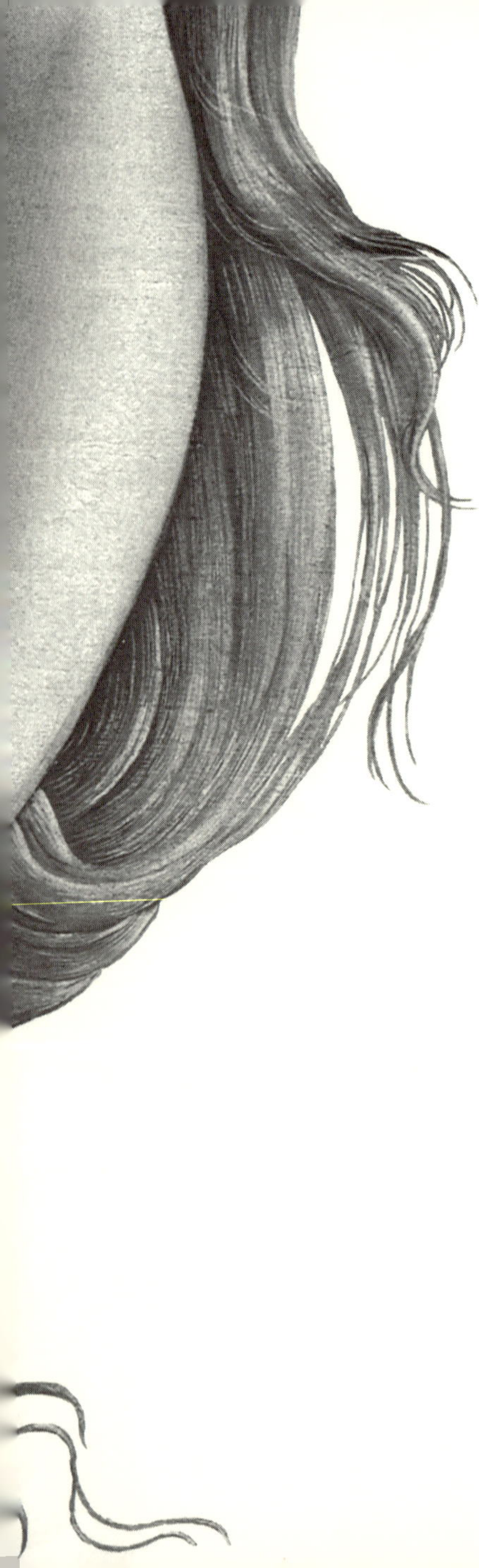

にこごりは両性具有とよ他言すな

冬バラ咥えホウキに乗って翔びまわれ

天寿を二百年とすると青春も倍増だ。

三十五句

度を過ぎた好奇心は禍のもとですって。

向うから来て春の厠をひとり占め
ほたるぶくろ卵のゆだる音がする

中位のたましいだから中の鰻重
鱗のない魚は食わぬと仮面の王

牡丹へふたりの神父近づき来
はだかになり神に瞶《み》られて気がつかぬ

鬼百合は父かもしれぬ蕊《しべ》を剪《き》る
それで間にあうのか赤《あか》鱏《えい》九匹で

はげしく晴れまつりのように花林檎
精霊の家からきのこたちわあわあと

いちじく裂く指を瞶《み》られてはならぬ
鶏頭の腋の昏さに安らぐや

満月のカリンに向きて五分と五分
十一月孔雀の首が日まみれよ

八号室全焼はんざきの檻残る

濃いかおで赤鱏《あかえい》が来る午後三時

ロッカーに薄氷をいれようかと思う
練羊羹まぶた重たく食べ了る

アカペラで辛夷が咲いている夜明け
一斉に目覚めた展翅の蝶たちが

雉の首あげる弥明後日《やのあさって》なら
爪切っていると陽炎が包囲せる

義眼一組アネモネの闇見ておりぬ
眼瞼下垂きんぽうげならよく見える

緑陰に入る堕天使のくるぶしよ

わが足のああ堪えがたき美味われは蛸

眉青く剃って炎昼を着くずれて
空家にて昼酩酊の罌粟の花

有刺鉄線真赤に塗られ踊る王

ああそうか昼食《ひる》は食べたのだ鰯雲

知識人集合白梟はノータイで
累々と月夜の蟻のみな他殺

刑罰よからすうりの花月ざらし
自動人形ああ凌霄《のうぜん》がからみおる

豊饒の首抱くカリンの木の下で

IV

五十四句

いい人は天国へ行けるし
わるい人はどこへでも行ける。

二〇一二年

ああ初日踊ろよマンボ龍の落し子

鳩を炒めて苺炒めて女正月

二階は地下どんでん返しの鼬かな

希望！

凍蝶は天才イエズスを流眄《ながしめ》に

ブルーシートの中。

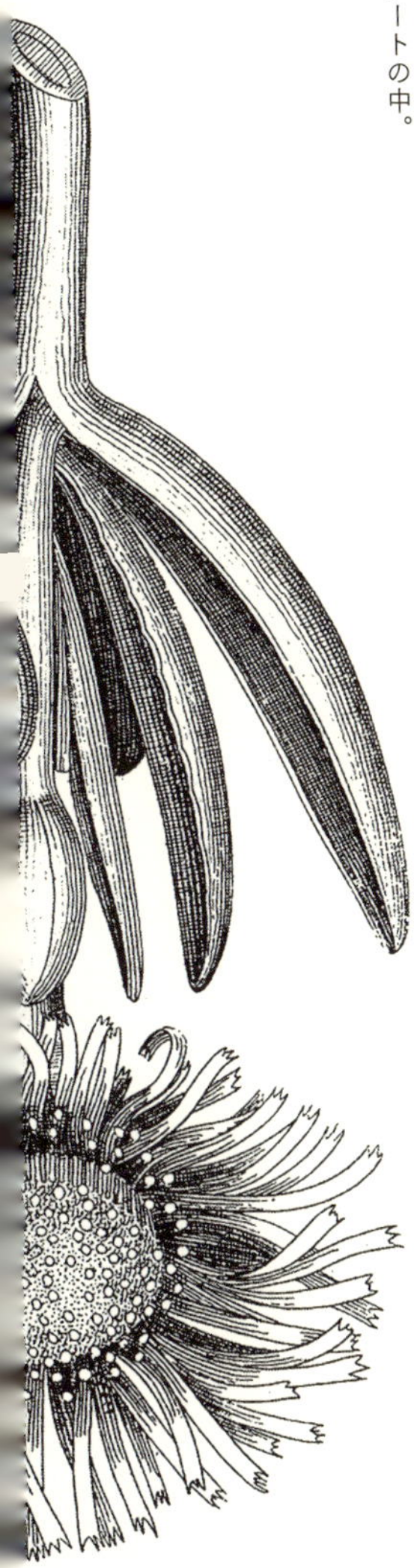

オムスクトムスクイルスノヤルスクチタカ
イダラボ春の雪

シベリア鉄道

金の錘《おもり》よ一〇一輪の薔薇よ

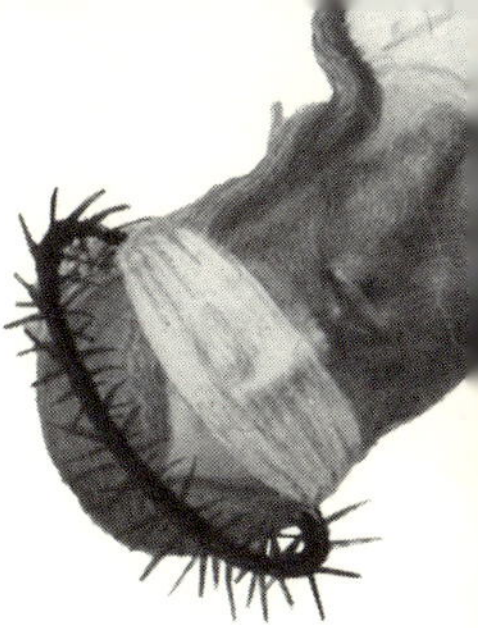

盛装の黒衣蜘蛛《くろこぐも》いる神父の家

芹に気をつけよ幻聴がついてくる

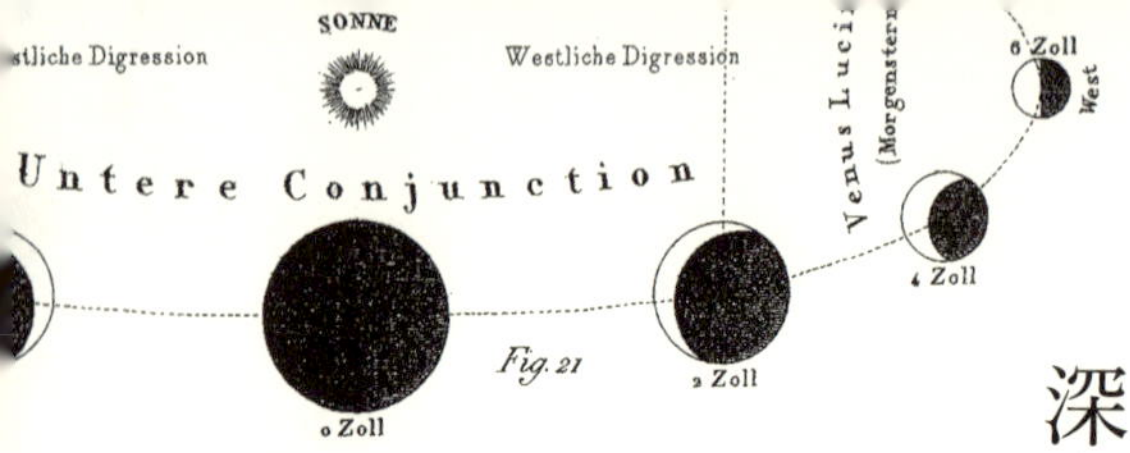

深夜椿の声して二時間死に放題

二時間は温いよ春の鹿撃たれ

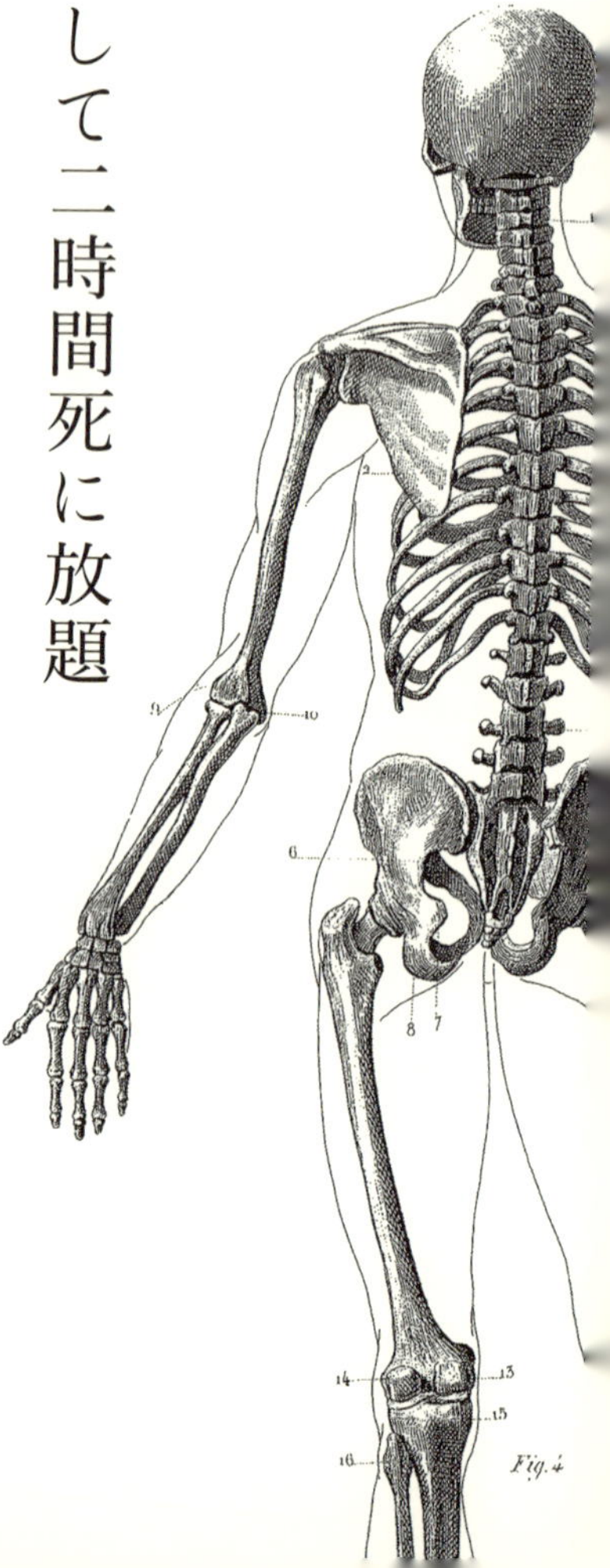

ハルポ可愛や生まれるときのウコン色

脱がねばならぬ向う岸から葱がくる

ピッツァの配達人に
みずかきがついていた。

梅咲いてきういきういと啼く奇異鳥

紅梅のうすいところに佇つ父か

ときどき叫びつくしんぼ摘む女

椿の下で深い誤算がねむりおる

朝食の紫キャベツくたくた煮がにがい
カタツムリたちのこわいお遊戯長廻し

グリーナウェイ「ZOO」より

ちくちくするからスイカズラの垣根

肉親への愛を断ち我を愛せ

マタイ伝六章　25－34

いまなら夕顔あとならあねの魑魅《すだま》かな

白ワインと鱓《うつぼ》の夜食はネロのもの
あにじゃかわいやおとうとつれていざや渓蓀《あやめ》
のふるさとへ

ユダと食いたし朝焼いろの草苺

熊の掌のスウプ啜るに内股で

顰《ひそ》みおる罌粟脳天に植えられて

アウラヒステリカ見開きに・あ・えび反りの蝦

パリ精神病院の写真図像集

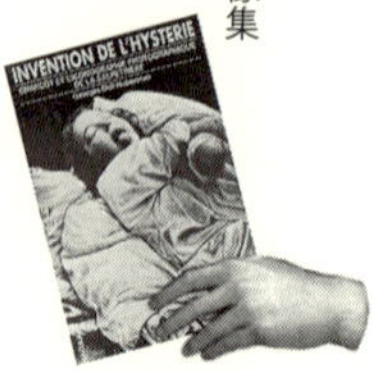

シャーレの義歯の三十二粒巴里祭
六月の男なぜ赤い数珠なのか

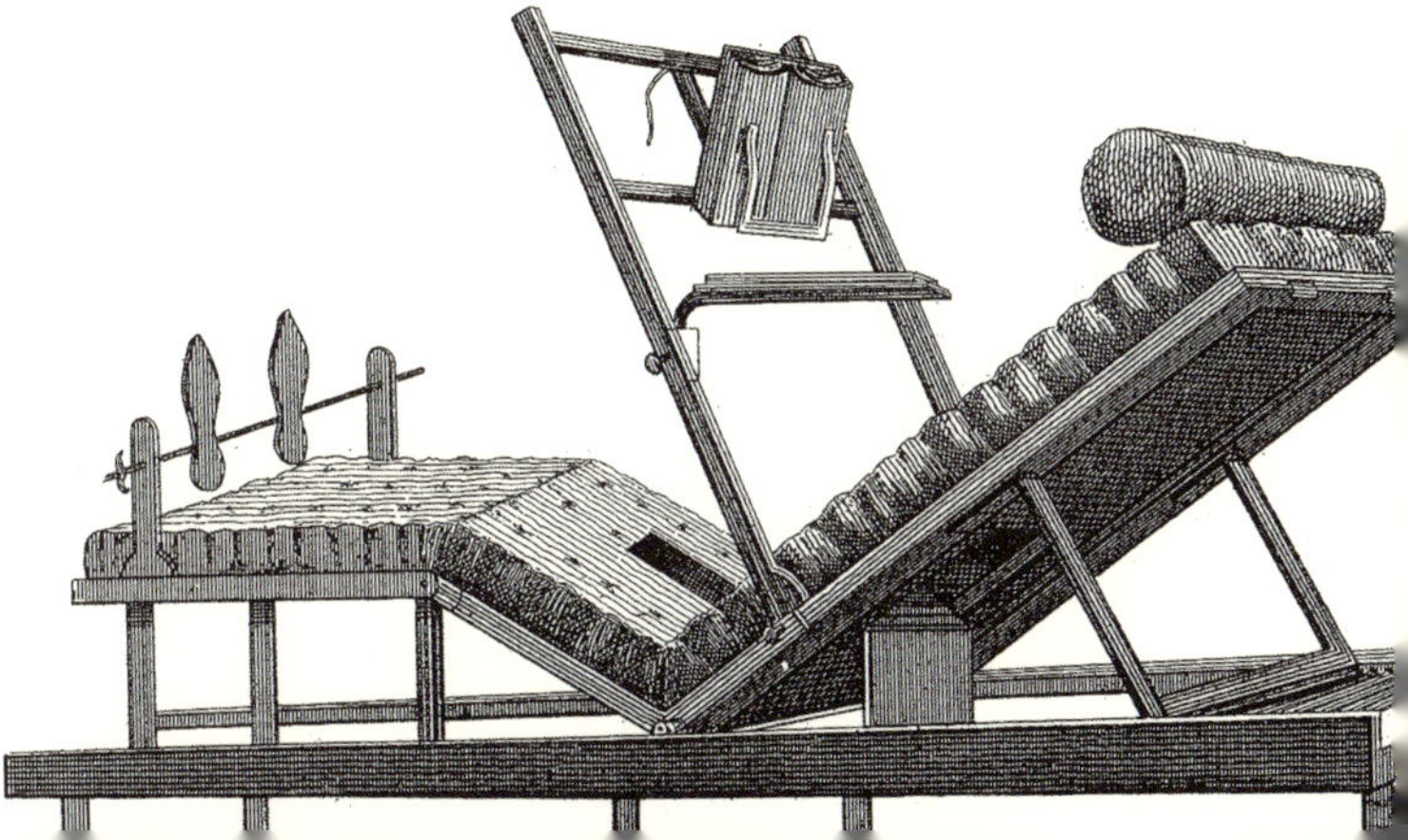

緋目高のうちいくつかは神の子よ

たてかけてヒトのよう夏葱と火掻棒

虚栄はあってしかるべき。

顔ちいさく生れ夏茱萸《なつぐみ》を食う女

曳航や同じ柩に鱏《えい》と鯱《しやち》

火の手いま片割月とピザハウス

かつかつと敗走者曼珠沙華の沖

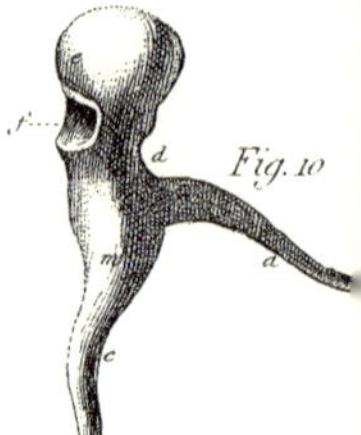

赤白の蛇来て黄のカード出るわ出るわ

ああスティグマータちらと小菊の芳香よ

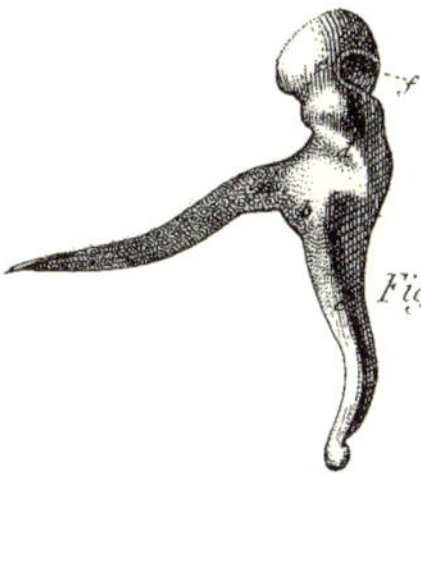

Fig. 9

青鮫が「美坊主図鑑」購《か》いゆきぬ

上半身が考え下半身が運命をきめるのですって。

夜中いて朝いなくなる蠍だな

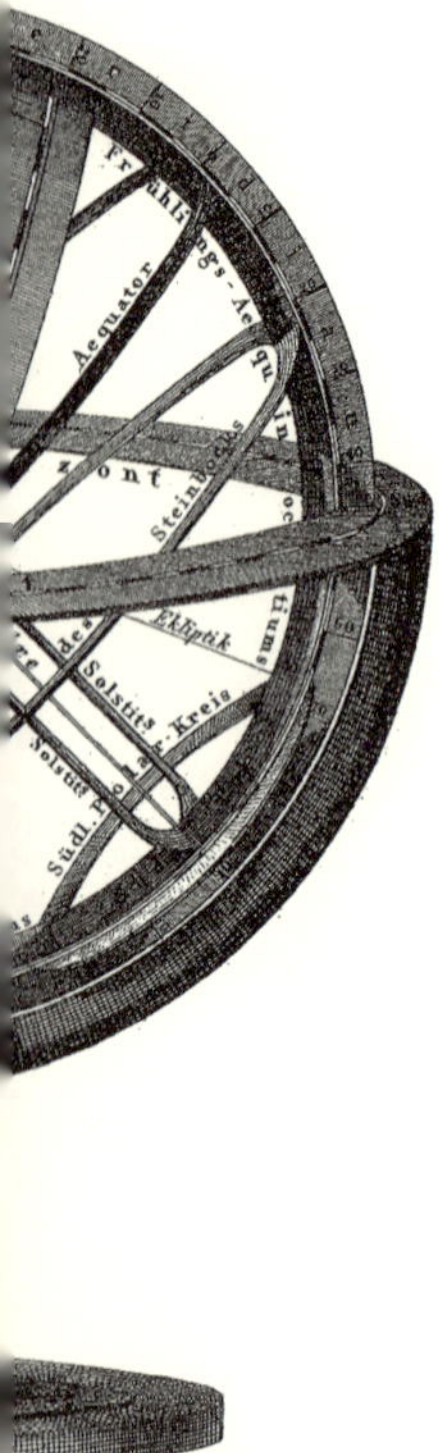

男色大鑑《なんしょくおおかがみ》月光でびしょ濡れよ

若衆は針ありながら初梅にひとしく
「色はふたつの物あらそひ」より

月が蹤《つ》けてくるにんげんを投げてやる

美味？

廻り舞台で紺朝顔は死ぬ気だな

「魂には唇もおしりもない」
久谷雉氏　『文學界』二〇〇五年四月号より

青胡桃にちいさいしろい歯が二本

べったら漬の樽にかいなのようなもの

よく洗えば……。

鬼虎魚《おこぜ》視しと白湯のんで乱れおる

多幸感！

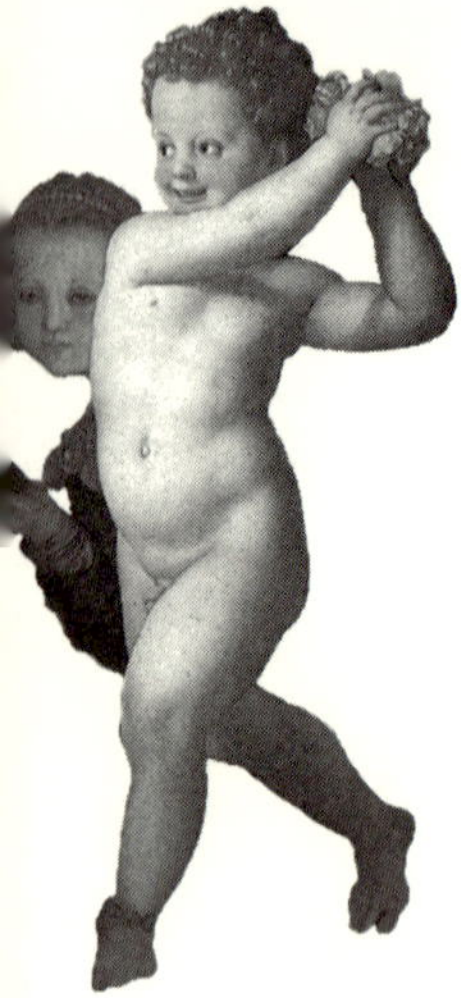

鶏頭たち深い話をしておるか

長き夜の不眠の馬と酌む酒は

女王蟻死す立棺を用意せよ
白磁に盛るひかりごけのサラダとさじ

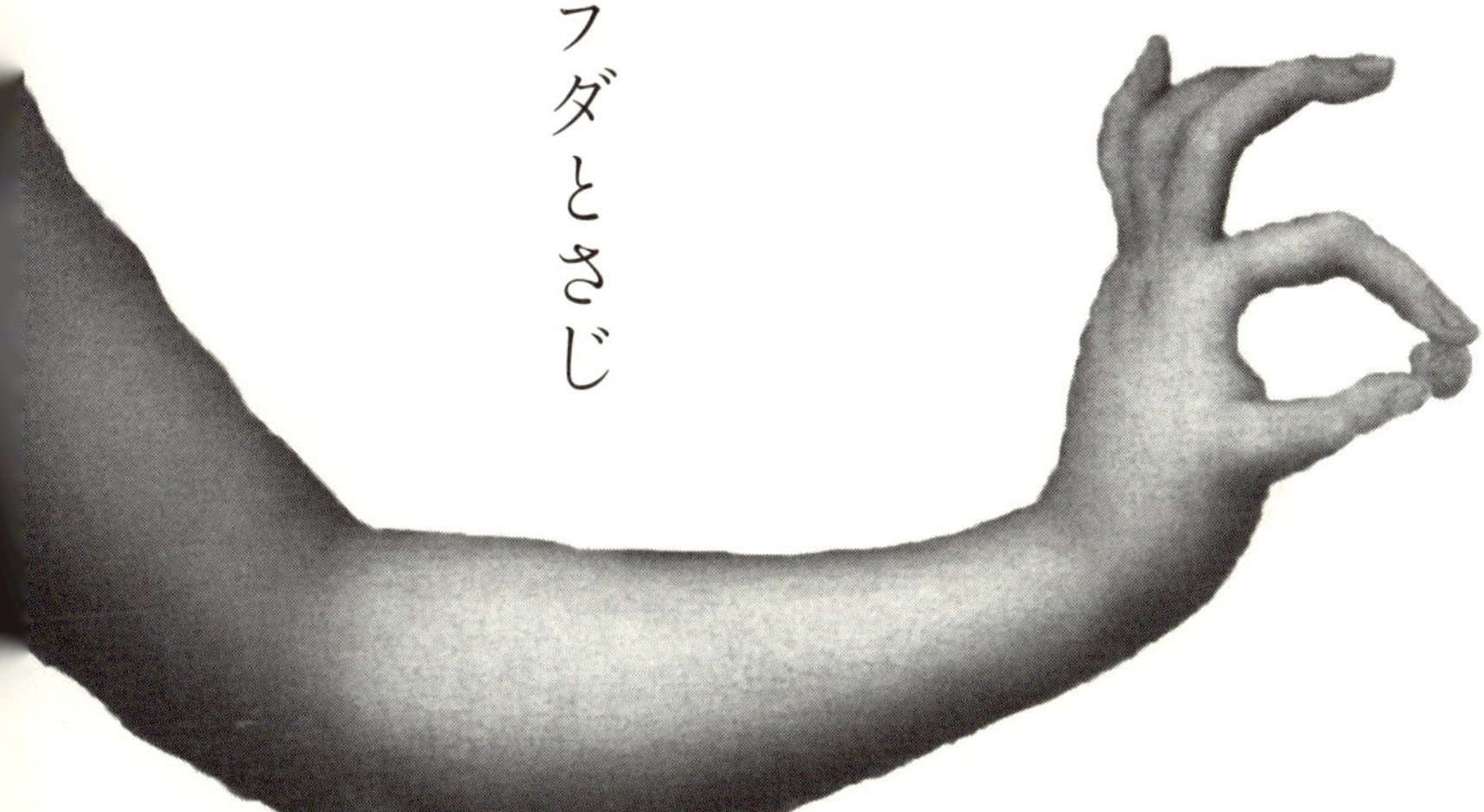

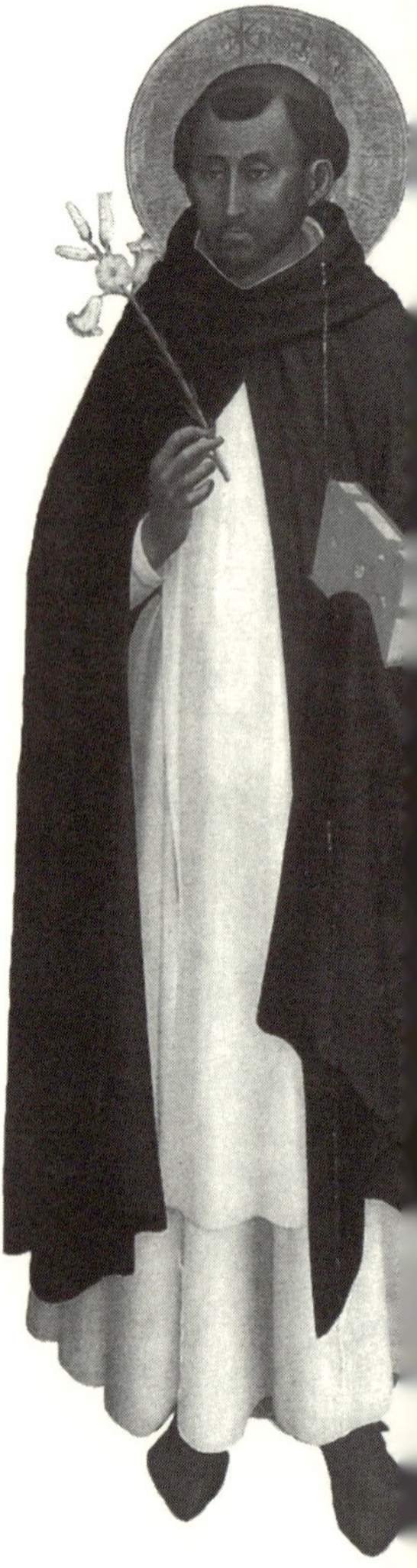

弟を秋の螢と錯覚す

だから籠に入れた。

まっしろな鞭打ちの音大花野

ああ、
セバスチャン！

突発難聴むささびの爪ひかりだす

音がしないのに
扉がひらくしまる。

聞えない耳なら石榴ぶらさげよ

吸いたし目玉・水玉・すだま夜の秋

散るための山茶花ではないのです

三十五句

神の合図で。

藤が憑くので度々空《くう》へゆくのです

出窓から藤があらわれ半裸なる

虎が一匹虎が二匹虎が三匹藤眠る

お歯黒の藤おんなにてわらいおる

月光やおのれとあそび藤たちは

白藤はもう腕である半分は

白藤へ月の視線の刺すように
藤の輪の始めも終りもなくて雨

藤房の重なりあって薄目して
ごうごうと炎が無人の藤屋敷

鞭打たれ打たれてイエズスのような藤
藤おとこちらつく雨戸いれるとき

朧夜のぁぁお湯が沸いてくるような

菜の花月夜ですよネコが死ぬ夜ですよ

別々の夢見て貝柱と貝は
鶴に化《な》りたい化りたいこのしらしら暁の

がらがら蛇だからがらがら声で唄うのです

珈琲色のバラ贈る聖ハルポへ

春帽子買いにふらりと往ったきり
流転注意そこは土筆のたまり場よ

父と流れて母と淀みて紅葉鮒

ハイ暗転秋螢見え路地が見え

水が上って白菜が浮く石棺ごと

炎昼のかちっと嵌り死と鍵と

ない・ある・孔雀の肉を食う時間

三度目の生れ変わりのベラですよ

片腕の馭者をあらそい日と月よ
ああみんなわかものなのだ天の川

曇る鏡面大向日葵《おおひまわり》が向けられて
蛇衣を脱ぐ太陽を真つ向に

秋は輿に乗ってセレベスのひと乗せて
月光で干された腕の血が青い

リンゴ食い古いオルガンのようにいる

七十にんの赤い蝶々が、ネ、今日来るのです

二〇一二年三月十一日

蠟燭の火が近づくよ秋のくれ

カルナヴァル　二百八句　畢

あとがき

『カルナヴァル』は私の第四句集であり、また最後の句集でもあると思っています。最後の句集ならば「清く正しく美しく」あらねばと思い、いや私にはムリと思い、そして、このように、祭のような（と言いたい）句集になりました。

以前、どなたの作でしたか「……人の終りは火の祭」という句に出会い、深く心にとどめてあったのが甦り、依り憑いた感じです。祭の賑やかさ、淋しさ、残酷さ、歌舞伎の「夏祭浪花鑑」の世界です。好きなのです。

ＡＢ型、天然。来し方にミスが多く、なんとか糊塗しようとして上塗りになり、ただ趣味にも実務にも、すべてに私なりの全力であたり、生きていましたら、いつの間にか百歳を越えていました。

目下の悩みといえば、昨年発症した突発性難聴のあと、聴覚の不具合が進み、音楽と無縁の日々になったことでしょうか。「東風《トンプー》」を聴きながら、ねむりたかったのに。

一昨年七月にはじめた「金原まさ子 百歳からのブログ」の一日一句とコメントが、この句集の特に第Ⅱ章と第Ⅳ章の元になっています。

本書の上梓とブログ運営にあたっては、小久保佳世子様に何から何まで一切のお世話になりました。心より感謝申し上げます。そして、わが家族たちにも、ありがとう!

二〇一三年一月

金原まさ子

＊金原まさ子 百歳からのブログ
http://sea.ap.teacup.com/masakonn/

著者略歴

金原まさ子　きんばら・まさこ

1911年(明治44年)東京生まれ。
1970年、草苑(桂信子主宰)創刊に参加。
73年、草苑しろがね賞受賞、79年、草苑賞受賞。
2001年、街(今井聖主宰)同人。
07年、らん(鳴戸奈菜代表)入会(筆名・金子彩)。
句集に『冬の花』『弾語り』(草苑俳句会)、『遊戯の家』(金雀枝舎)。

カルナヴァル

2013年2月12日　第1刷発行

著者　金原まさ子
装丁者　Malpu Design(清水良洋)
本文デザイン　Malpu Design(佐野佳子)
発行者　藤田　博
発行所　株式会社 草思社　〒160-0022　新宿区新宿5-3-15
電話　営業 03(4580)7676　編集 03(4580)7680
振替　00170-9-23552

印刷・製本　株式会社 デジタルパブリッシングサービス

ISBN978-4-7942-1960-2 Printed in Japan　検印省略
http://www.soshisha.com/